W9-AGE-789

Refugio Corredor Fronterizo
Refugio Barra del Colorado
Parque Nacional Tortuguero
Puerto Limón
Parque Nacional Cahuita
Puerto Viejo
Cerro La Muerte
Parque Nacional Marino Ballena
Parque Nacional Corcovado
Ruta según plan original
Route according to original plan
Recorrido extraviados
Lost path

Jacob,
We hope you like
this book all about
Auntie Laura + Uncle Tophers
honeymoon in Costa Rica! We
love you!

♡ Auntie Laura
+
Uncle Topher

May 2016

¡¡WOW!!
Costa Rica

863 Angulo Cruz, Ruth
A594c2 Costa Rica Wow / Ruth Angulo Cruz ; ilustraciones por Ruth Angulo Cruz. -- 2a ed. -- San José, Costa Rica: Producciones del Río Nevado, 2013.
28 p. : il. ; 21 x 23 cm. (Serie Pachanga Kids, No. 8)

ISBN: 978-9930-9463-1-2

1. LITERATURA INFANTIL. 2. LITERATURA JUVENIL. 3. LITERATURA COSTARRICENSE. I. Título.

COSTA RICA ¡WOW!

© RUTH ANGULO
© PACHANGA KIDS

Coordinación Editorial: **Yazmín Ross**
Producciones del Río Nevado, S. A.
Apdo 11732-1000 San José, Costa Rica
Tel (506) 22 25 24 92
info@pachangakids.com
www.pachanga kids.com

Edición, producción, diseño:
CASA GARABATO
Textos e Ilustraciones : Ruth Angulo
www.casagarabato.com
Colaboración de: Raúl Angulo, Mary Anne Ellis, Césaly Cortés y Jeannina Carranza

Traducción: Luis Chaves

Tercera Edición
Impreso en WKT, China.

San José, Costa Rica. 2015

Derechos Reservados conforme a la Ley de Derechos de Autor y Derechos Conexos

Prohibida la reproducción total o parcial.
Todos los derechos reservados.
Hecho el depósito de Ley.

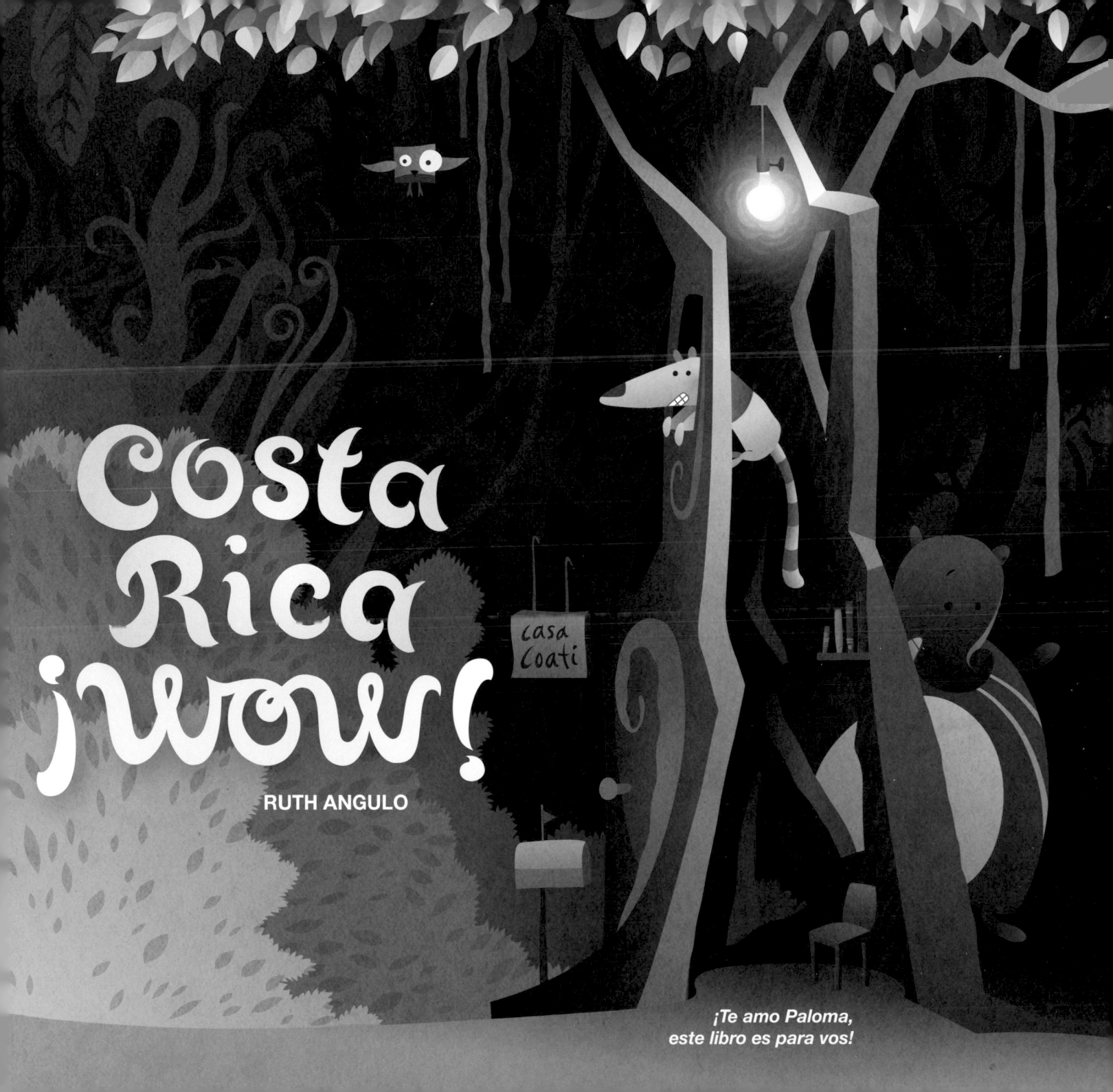

Costa Rica ¡wow!

RUTH ANGULO

¡Te amo Paloma,
este libro es para vos!

Parque Nacional Corcovado

Corcovado National Park

—...Cuenta un cuento antiguo, que una vez al año, el Espíritu del Mar le regala a su enamorada, la Playa, un anillo transparente, una poderosa ola que nace en la profundidad del océano y estalla en miles de gotas.

Es la ola más perfecta jamás surcada: ¡Salsa Brava!

¡Es la ola más emocionante del mundo! Una verdadera rompe-tablas – dijo Wila, la danta.

Este año es el Super Campeonato Mundial de Surf en Puerto Viejo...

¿Quieren acompañarme? -le preguntó a sus amigos.

"There's an ancient tale that tells the story that once a year the Spirit of the Sea gives a gift to his lover, the Beach. It's a see through ring, a powerful wave that builds itself deep within the blue ocean and bursts into a million drops.

It's the best wave ever: Salsa Brava!

"The most exciting wave in the world!

An authentic board-breaker!" said, Wila, the tapir.

"This year it's the World Surfing Championship in Puerto Viejo..."

"Would you like to come with me?" she asked her friends.

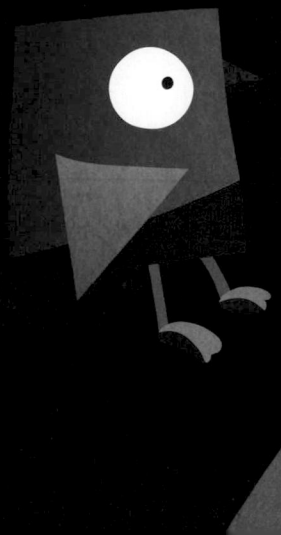

Parque Marino Ballena
Marino Ballena National Park

Wila, la danta, soñaba con ser surfista profesional y aunque sus amigos tenían otros sueños, estaban dispuestos a seguirla porque este concurso significaba mucho para ella.

Así, la aventura comenzó. Primero se hicieron amigos de una ballena azul y Waldo, el trogón, le pidió que los llevara en su lomo.
Otto, el coatí, estaba muerto de miedo.
¡Nunca se había subido ni a un triciclo!
Por dicha traía sus flotadores amarillos.

Cuando bajaron en la playa,
Otto no podía caminar derecho
de tantas vueltas que le daba la cabeza.

—¡Ayayay, qué mareo!

Wila, the tapir, had always dreamt of becoming a professional surfer and even though her friends had different dreams, they decided to go along with her, because it meant a lot to Wila.

Thus, the adventure began. First they became friends with a blue whale.

Waldo, the trogon, offered them a humpback ride.

Otto, the coati, was scared to death. He had never even ridden a tricycle! Good call he had taken his yellow lucky floats along.

Once they were down at the beach, Otto could not walk straight, his head could not keep still, it was spinning round and round from all the excitement.

"Whoaaa!!! I'm so dizzy!"

Parque Nacional Manuel Antonio

Manuel Antonio National Park

En el Parque Manuel Antonio, se detuvieron en una catarata. A Otto le temblaban las canillas peludas y se le frunció la cola.

—No te preocupés—dijo Wila,
con voz de superhéroe.
Amarró unas lianas, abrazó a Otto y
bajaron velozmente.
Luego, Wila se lanzó al agua y,
¡bomba!, todos se empaparon.

—¡Qué buen clavado!—
celebraron los monos tití.

Los monos les dieron la bienvenida a los tres y compartieron agua de pipa para refrescarse en su camino hacia la ola Salsa Brava, en Puerto Viejo.

They stopped in front of a waterfall at the Manuel Antonio Park. Otto's hairy

knees were shaking and his long tail curled up between his hind legs.

"Don't worry, buddy…" said Wila, with a super hero attitude. She tied up some vines, wrapped herself around Otto and descended quickly.

Soon after, Wila jumped into the water and SPLASH, they were all soaked.

—What a great dive! —celebrated the titi monkeys.

The monkeys welcomed the three of them warmly and offered to share some coconut water so they could freshen up before continuing their way to Salsa Brava, Puerto Viejo.

Parque Nacional Carara
Carara National Park

Después de un largo viaje acamparon en el Parque Carara. Mientras dormían, los mapaches entraron al campamento, les pintaron bigotes con betún, se llevaron las provisiones y su único mapa.

Al día siguiente, los despertó el grito de alarma de las lapas rojas:
—¡Despierten, despierten sus cosas desaparecieron!—

Sin el mapa estaban perdidos.

Waldo, el trogón, se acercó a una mantis para preguntarle el camino correcto. Pero esta Mulita del Diablo era una bromista y le dió una dirección falsa que los alejaba de su destino, la ola *Salsa Brava.*

After a long trip, they decided to camp out at Carara Park.

At night, while sleeping, a family of raccoons sneaked into their tents and painted funny moustaches on their faces. The raccoons stole all of their food and the only map they had.

The next day, they were awakened by the Scarlet Macaws high pitched screams:

"Wake up, wake up! Your belongings have disappeared!"

They were as good as lost without that map.

Waldo, the trogon, approached a mantis and asked her for directions. The mantis was fond of joking and gave him a wrong destination, moving them far away from Salsa Brava, Puerto Viejo.

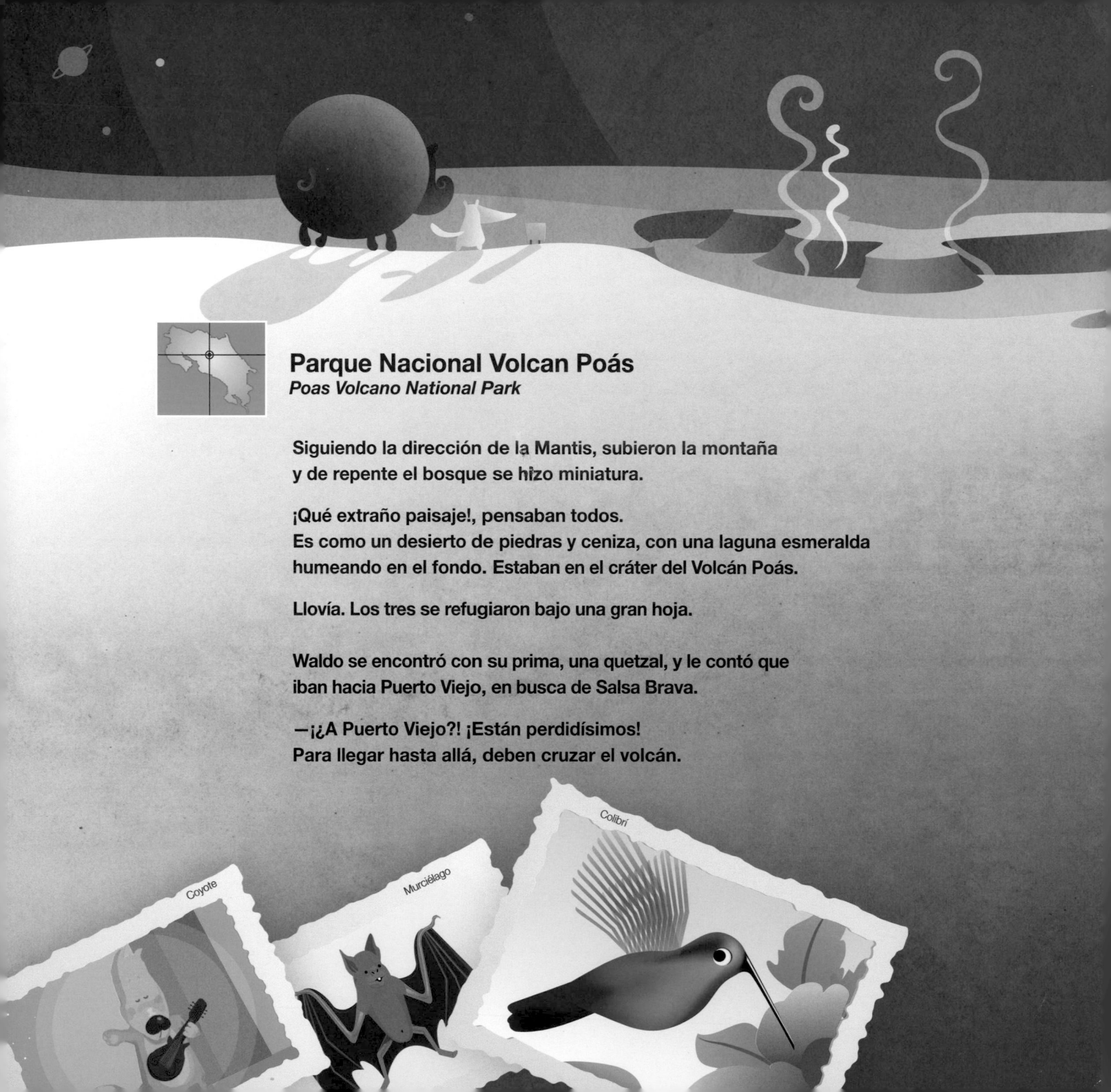

Parque Nacional Volcan Poás

Poas Volcano National Park

Siguiendo la dirección de la Mantis, subieron la montaña y de repente el bosque se hizo miniatura.

¡Qué extraño paisaje!, pensaban todos.
Es como un desierto de piedras y ceniza, con una laguna esmeralda humeando en el fondo. Estaban en el cráter del Volcán Poás.

Llovía. Los tres se refugiaron bajo una gran hoja.

Waldo se encontró con su prima, una quetzal, y le contó que iban hacia Puerto Viejo, en busca de Salsa Brava.

—¡¿A Puerto Viejo?! ¡Están perdidísimos!
Para llegar hasta allá, deben cruzar el volcán.

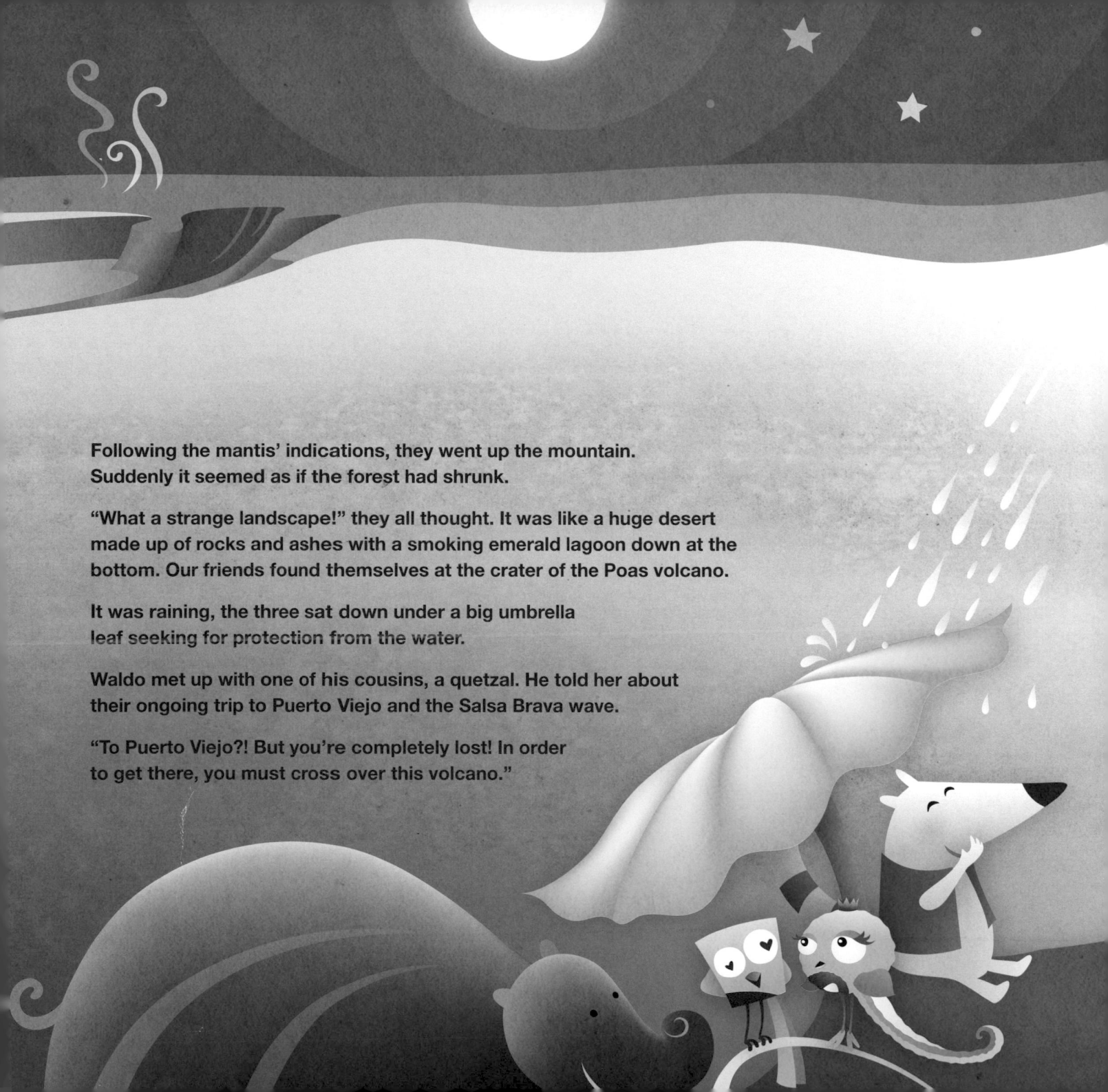

Following the mantis' indications, they went up the mountain. Suddenly it seemed as if the forest had shrunk.

"What a strange landscape!" they all thought. It was like a huge desert made up of rocks and ashes with a smoking emerald lagoon down at the bottom. Our friends found themselves at the crater of the Poas volcano.

It was raining, the three sat down under a big umbrella leaf seeking for protection from the water.

Waldo met up with one of his cousins, a quetzal. He told her about their ongoing trip to Puerto Viejo and the Salsa Brava wave.

"To Puerto Viejo?! But you're completely lost! In order to get there, you must cross over this volcano."

Parque Nacional Volcán Arenal

Arenal Volcano National Park

De volcán en volcán llegaron al Arenal, donde se encontraron con un grupo de monos congos subidos en un canopy.

—¡Nunca en la vida! —repuso Otto— ¡A mí no me van a colgar de esa cochinada! ¡Ni cuenta se dió cuando ya iba patas arriba!

Por la noche, empezaron los fuegos artificiales. Se trataba del volcán que expulsaba fuego y humo.

¡WOW, qué maravilla!

Ese día no durmieron admirados por el espectáculo y celebraron con aguadulce su buena fortuna.

Crossing from volcano to volcano, they eventually came along to the Arenal volcano. There, they ran into a group of crazy howler monkeys who where canopying.

"Forget it!! Never!!! I will never hang myself from those things!" said Otto.

All of a sudden, he was flying across the trees, heads down and screaming!

At night the fireworks began. The volcano put on an authentic show of exploding fire and smoke!

"WOW, marvelous!"

That night they stayed out celebrating and drinking to their good fortune with a mix of hot water and brown sugar: sweet water.

Parque Marino Las Baulas
Baulas National Park

En la playa, Wila descubrió a una tortuga baula que venía con una misión importante.

—Vengo a enterrar mis huevitos en la arena; pero temo que aquellos zopilotes se los coman.

Wila, Otto y Waldo se ofrecieron a protegerla. La tortuga, agradecida, les contó de un jaguar sabio que podría darles un mapa.

At the beach, Wila met a leatherback turtle who was on an important mission.

"I came here to lay and bury my eggs in the sand, but I'm afraid the vultures might munch them."

Wila, Otto and Waldo offered her protection. The grateful Baula told them about a jaguar who could give them a map.

Parque Nacional Santa Rosa

Santa Rosa National Park

El jaguar vivía en un gran tronco, donde estaban dibujadas las figuras de venados, guatusas y todos los animales que habitaban en este parque.

Cuando lo vieron, Wila corrió a esconderse y Otto se orinó del susto. El único que se quedó ahí, paralizado, fue Waldo, y explicó tartamudeando la razón de su visita:

—Necesitamos llegar a Puerto Viejo... ¿Usted podría ayudarnos?

—Conozco esta región como las manchas de mi mano- comentó el jaguar, mientras dibujaba, con su garra, un mapa sobre un pedazo de madera.

Mapa en mano, emprendieron el camino.

—¡Qué salvada nos dio el Jaguar!— dijo Wila.

—Diay, con qué no nos comiera, estábamos salvados— dijo Otto.

Manigordo

Pizote

Tortuga

The jaguar lived inside a huge tree trunk that was covered with drawings: images of deer, guatusas and all of the creatures that lived in that park area.

When the three of them saw the jaguar, Wila rapidly hid, Otto peed in his pants and the only one who stayed there paralyzed was Waldo, who slowly muttered the intentions behind their visit:

"We need to go to Puerto Viejo... Can you help us?"

"I know these lands like the spots on my skin," said the Jaguar, while carving a map on a piece of wood with his claws.

With the map in their hands they continued on their way.

"That jaguar really saved us!" Wila said.

"Well... not being eaten by him was the real savior!" said Otto.

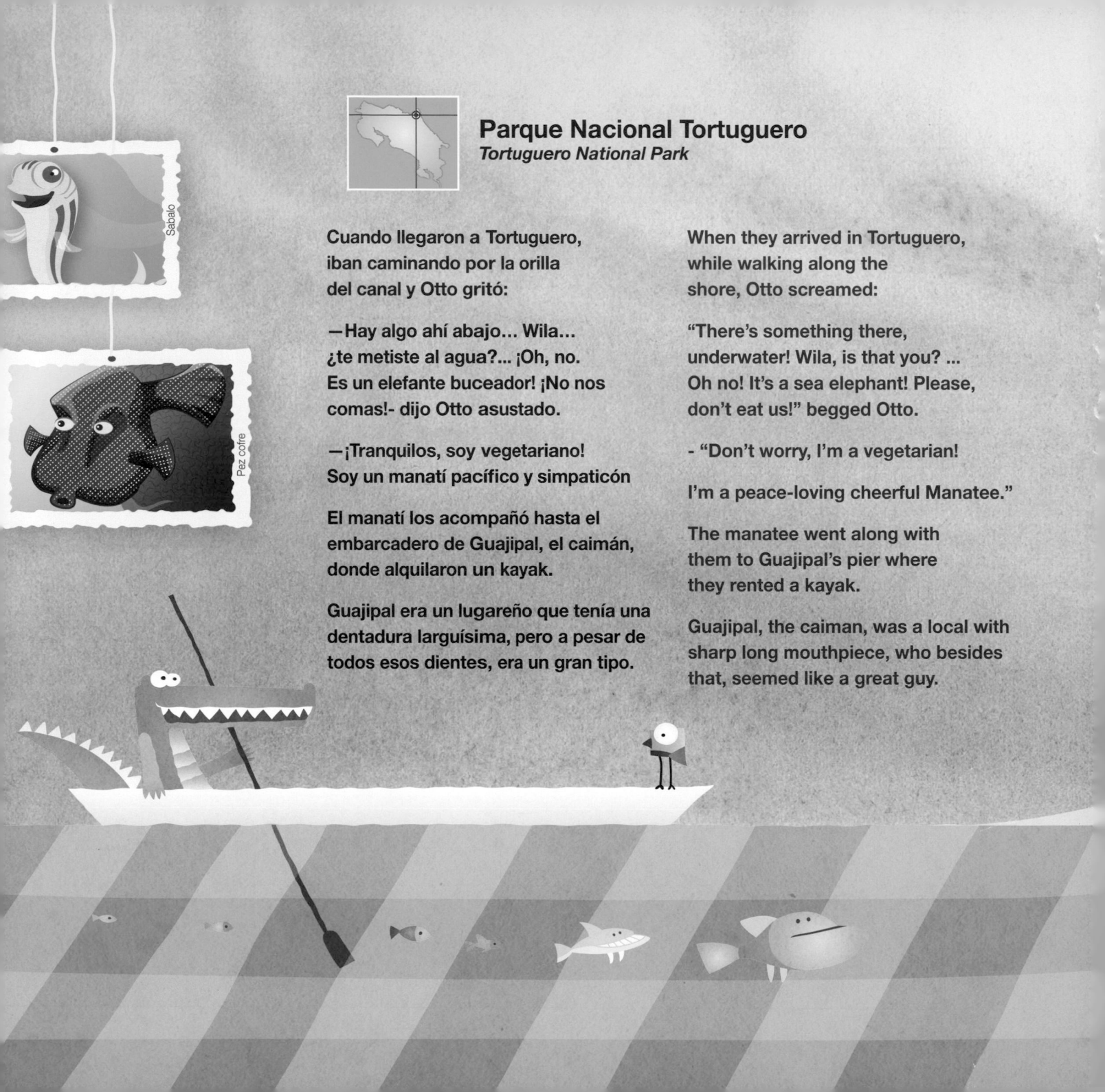

Parque Nacional Tortuguero
Tortuguero National Park

Cuando llegaron a Tortuguero, iban caminando por la orilla del canal y Otto gritó:

—Hay algo ahí abajo... Wila... ¿te metiste al agua?... ¡Oh, no. Es un elefante buceador! ¡No nos comas!- dijo Otto asustado.

—¡Tranquilos, soy vegetariano! Soy un manatí pacífico y simpaticón

El manatí los acompañó hasta el embarcadero de Guajipal, el caimán, donde alquilaron un kayak.

Guajipal era un lugareño que tenía una dentadura larguísima, pero a pesar de todos esos dientes, era un gran tipo.

When they arrived in Tortuguero, while walking along the shore, Otto screamed:

"There's something there, underwater! Wila, is that you? ... Oh no! It's a sea elephant! Please, don't eat us!" begged Otto.

- "Don't worry, I'm a vegetarian!

I'm a peace-loving cheerful Manatee."

The manatee went along with them to Guajipal's pier where they rented a kayak.

Guajipal, the caiman, was a local with sharp long mouthpiece, who besides that, seemed like a great guy.

—¿Dónde es la fiesta?—
se preguntaron todos

Se escuchaban sonidos de
tambores, pitos y canciones.

¡Eran los carnavales!

La gente bailaba por la calle,
con disfraces y música. Wila se acomodó una
falda de cabuya y Otto se dibujó con cal sobre su
cuerpecillo los huesos de un esqueleto, Waldo iba
silbando con un penacho.

¡Qué rara comparsa!

Puerto Limón

Puerto Limón

"Where's the party?"
they all asked.

You could hear the sound of drums, whistles and songs.

It was the carnivals!

People danced to the music in the streets with their costumes. Wila made herself a palm leaf skirt, Otto drew a skeleton with some lime over his body, Waldo was wildly blowing a whistle with a crest over his head.

What an awkward parade they made!

Parque Nacional Cahuita

Cahuita National Park

¡Cahuita es un paraíso!

La selva sombrea la playa,
y debajo del mar los corales
florecen como un jardín submarino.

Un grupo de pizotes que
mejengueaba en la playa, al ver a
Otto saludaron a su tocayo:

-¡Tengo familia por todas partes!

Después, se pusieron las mascarillas
de buceo y se tiraron al agua.

Al día siguiente por la
madrugada, subieron a la tabla
y comenzaron a bracear.

¡Ya casi estamos en Puerto Viejo!

Cahuita is a paradise!

The jungle kindly casts its shadow over the beach and at the bottom of the deep blue sea thousands of corals bloom like an underwater garden.

A group of coatis were playing soccer at the beach. They waved Otto greeting him as one of their own:

-I have family everywhere!

They put on their snorkeling masks and dove into the water.

Early the next morning they grabbed their surfboards and paddled into the ocean.

We are almost in Puerto Viejo!

Puerto Viejo

Puerto Viejo

¡Llegaron justo a tiempo para el Campeonato de Surf!
Wila apareció sobre su tabla; Otto iba en sus hombros y Waldo coronaba la figura.
¡Era un tótem surfista!

De pronto, empezó a formarse un anillo transparente que venía desde el centro del océano, al ritmo del corazón del planeta. Una ola que crecía y crecía y se fue haciendo gigantesca... ¡Era ella! ¡La ola! ¡Salsa Brava!

Por fin, Wila había cumplido su sueño.
Los tres ingresaron en la cueva líquida, admirados extendieron pata, garra y ala para tocar la ola que los abrazaba. Ese era el mejor premio.

A lo lejos, en el mar, vieron un crucero.

—Habrá un Campeonato en Australia pronto—dijo Wila—
¿Están pensando lo mismo que yo?

Todos sonrieron y empezaron a bracear en dirección al barco...

They arrived just in time for the Surfing Championship! Wila came out standing on her surfboard, Otto was on her shoulders and Waldo on the very top.
It was a surfers' totem!

All of a sudden, a sparkling ring began to take shape within the deep blue ocean, and Earth's heartbeats. It grew bigger and bigger as it was huge, colossal... This was it, the Salsa Brava wave!

Wila had finally accomplished her dream. The three of them stretched their legs, paws and wings in order to touch this incredible wave that caved amazingly over them. Far and away, the best prize ever!

At a distance, in the ocean, they saw a cruise ship.

"There will be a Surfing Championship in Australia soon," said Wila. "Are you guys thinking what I'm thinking?"

They all smiled at each other and began paddling towards the ship...

Descarga los audio libros y las canciones, gratis en:
www.pachangakids.com

Download the audio book and the songs:
www.pachangakids.com

Colección infantil bilingüe
Cuentos con música,
Libros de colorear y de actividades

Children Books
Stories, Music, Coloring
and Activities Books

¡Disfrutá lo salvaje!
¡Llevanos con vos!

Go wild!
Take us with you!

El mar azucarado
Sea sweet sea

El coyote y la luciérnaga
The coyote and the firefly

El mono paparazzi
The rainforest paparazzi

Una tortuguita sale del nido
A turtle is born

En busca del sapito dorado
In Search of the Golden Toad

El mar azucarado
Libro de actividades

El mono paparazzi
Cuento de colorear
The paparazzi monkey
Coloring Book

La danta Amaranta
Cuento de colorear
Amaranta The Tapir
Coloring Book

Símbología
Simbology

Volcán/Volcano

Capital
Capital

Montaña/Mountain

Provincia
Province

Parques Nacionales/ National Parks

Ríos/Rivers

Volcanes/Volcanoes

1. Rincón de la Vieja
2. Miravalles
3. Arenal
4. Poás
5. Turrialba
6. Irazú

Ríos/Rivers

7. Tempisque
8. Frío
9. San Carlos
10. Sarapiquí
11. Reventazón
12. Sixaola
13. Grande de Térraba
14. Savegre
15. Corobicí
16. Pacuare
17. Tárcoles

Parques Nacionales
National Parks

18. Santa Rosa
19. Marino Baulas
20. Palo Verde
21. Res. Biológica Monteverde
22. Volcán Arenal
23. Volcán Poás
24. Carara
25. Manuel Antonio
26. Marino Ballena
27. Corcovado
28. Cahuita
29. Tortuguero
30. La Cangreja
31. Isla del Coco
32. El Chirripó
33. Guanacaste
34. Rincón de la Vieja
35. Diriá
36. Barra Honda
37. Volcán Tenorio
38. Juan Castro Blanco
39. Braulio Carrillo
40. Volcán Turrialba
41. Volcán Irazú
42. Barbilla
43. Tapantí- Macizo Cerro de la Muerte
44. Los Quetzales
45. Refugio Barra del Colorado
46. Internacional La Amistad
47. Piedras Blancas
48. Refugio Corredor Fronterizo
49. Refugio Caño Negro